詩集
足跡

真夜人

Mayato

文芸社

目次

詩集　足跡

盲目の行方

宛をなくした愛が
夏の夜空を泳いでいく
錆びた鎖で繋がれた
街の隙間を抜け
その乾いた泉に
溜息をもらしながら
そして今
星に告げるよ

全ては盲目
人は無限に広がるから

僕の目は盲目
誰の心も
映しきれない

宛のない愛は
夏の夜空を泳いでいく

錆びた鎖で繋がれた
この街の空を

乾いた泉に
溜息をもらして

その愛は
宛もなく

あの感情

穴から出たとき
僕は愛を知った
そこから地面に降り立ったとき
僕は愛を忘れた

あれから十九の月を眺め
探し求めた
けれどまだ
僕は何も分からない

忘れた感情に
秋の切なさが抜けていく

何も分からない
この底のない涙
溢れては
紅葉が滲む

全ては偽り
感傷の月は
ただ照らす
この世界

染め変えられていく
色の中で
あの色は
……
穴から出たとき

僕は愛を知った
そこから地面に降り立ったとき
僕は愛を忘れた

穴から出たとき
僕は愛を知った
そこから地面に降り立ったとき
僕は愛を忘れた

あれから
十九の月は何も言わず
ただ照らす
この世界

……

遠吠え

月の時刻がドミノのように
倒れていくのを
ロマネスクな街の影から
憂鬱を隠せない犬が
見つめてる

眩しい朝を避けるため
暗い夜の中で
このまま止まればいいいと

深い井戸の底から
醜い声の

明日を否定する囁きが
聞こえているんだろう

まだ体が過去から戻らないで
置き去りにされている犬は
静かな夜に
情熱的に叫ぶ
何に問う訳でもなく

月の時刻がドミノのように
倒れていくのを見て
憂鬱な犬は
情熱的に叫ぶ
何に問う訳でもなく

それは
街に響くことはない
この悲しい鳴き声は
月だけが知っている悲劇

存亡

存亡の天秤が大きく揺れる
不安定な起伏

いつかは
生まれたことを拒んだ
いつかは
この魂を祝福した

艶めかしくも汚い道
遥かに長い時間を
そのわずかな時を
大切に振り返り

僕の叫びを確かめる

いつかは
生まれたことを拒んだ
いつかは
この魂を祝福した

そんな時は
波のように
満ちては引くだけ
でも繰り返す
生と死と
喜びの花を探し求める

深く

純粋に求めるだけ
それを
求めるだけ
溺れるがまま
深く
深く
深く
深く
深く
悲観が導く
永遠の迷路
ただ

求めるだけ
なのに
溺れるがまま
深く
深く
深く
深く
深く

深く
深く
深く
深く

箱

僕はうっすらと生える
雑草の陰に
横たわっている
青い月明かりが
この体を照らす頃
降り出した雨は
雑草を潤す
そして
うつむくお前は
重い箱を
僕に押しつけて
去っていく

その箱には
いつも死が詰まっている

その輝きに照らされて

重く腰が曲がっても
僕は命を背負い歩いていく
生まれ落ちた時から
この胸に積もる命達

あなたとあなたの
優しさが浮かぶ中で
それを僕は
重く背負っていることに
どうか罰を与えてください

誰もが

生きていける世界ではないと
嘆き彷徨う少年の声が
風に運ばれて
今日も僕を掴んでしまうから

偽ってはいけない
誕生の光
あの日は
闇の中で
闇に埋もれてしまう

落ちていく精神は
願うことを恐れて
空を見上げながら
忘却の彼方を夢に見る

全ては
忘れることが出来たなら

ただ僕は
重く腰が曲がりながら
命を背負い歩いていく
胸に積もる
その輝きに
眩しく照らされて

神が残した素晴らしい愛
それを僕は
重く背負っていることに

どうか罰を与えてください

この今を
見つめることの出来ない
閉ざされたままの瞳に
どうか罰を与えてください

あなたとあなたの
優しさが浮かぶ中で
それを僕は
重く背負っていることに
どうか罰を与えてください

殻

不明な路頭に迷う瞳
懐かしい岩の鉱脈に
囲まれて視界は廻る

僕等は何故か
苦しみを絞り出していたね

消えない叫びは
ここだけに響く空音
世代の声は
また次の場所を求める

仲間達はまた一人
羽を広げ飛び立っていくよ

遠ざかっていく太陽に
僕の影だけが
残されている

相も変わらぬまま
落ちていく日
その殻は
破られるときを
ただ見つめる

閉ざされた路

共鳴者達が見つめる
閉ざされた路
それは永遠の闇に漂う

不安の扉が
錆びついて
色褪せて
恐怖を
浮き上がらせている

僕はただ
その扉を見つめて

嘆いているだけ

歩くことも
止まることもしない
生の罪を
無意識に感じて

時計の針が
また速くなった

膨大な何かに
包まれる路を見つめて
生からも
死からも
僕は逃げ出している

いつまでこの詩は
永遠の闇を漂うのだろう
病める全ての時空から
僕は取り残されてゆく

瞳

終わりの哀愁は
聖なる魂
切なく空へと
弾かれる銃弾の悲
空気の合間で
吹き出す想い

塞いだ顔
人差し指と中指の間に
見るべきではない世界
不確かな瞳は
汚れを詠み

焦土の果て
遠い海に焦がれる

来る日も来る日も
星を喩えて
墜ちていく
林檎のように
その青さに涙を濡らし
その大地に心を燃やした

命の夢の終幕は
大いなる川に流れて
罪と傷との線は
既に無くなる

終わりを見よう
風に乗り
被害者達の声が
耳を掠める

人差し指と中指の間に
見るべき世界は
もうないから

うぶなまま

空っぽの風呂桶の中で
濡れた陰毛から
十代の輝く単語が
一つ一つ消えていく
煙草の煙のように
薄く淡いゆらめきとなり
換気扇の中へと
散っていく

時の残酷な爪痕は
まだ色濃く
ここには残っているね

全てが分からぬまま
回る星の果てで
影だけが形を変えていく

巡る時の中で
明日の天気を占いながら
爪痕を舐める毎日
貧相だと嘲笑う雲

十代の輝く単語が
一つ一つ消えていくのに
僕のあそこはまだ
うぶなまま

フラメンコ

心は
踊る
フラメンコ
何かを
装うように
ただ踊る

忘れるように
踊るがまま

踊り
踊り

踊っているのに
その目から
溢れる
偽り

踊り
踊り
踊っているのに

あれは
もういいのに

あれを
忘れたいのに

まだ
その秘めた想いは
頑なに
そこに在り続ける

抑えきれないもの

細胞の核でうごめく
一つの痛みは
それぞれが
激しさを持ち
それは
激痛となって
全身から溢れてくる

光に集まる虫の
本能が
この中で
醜さを増している

まだ
まだ
と

見上げ続けて
この目には
月の影が
刻印のように
挟まってしまった

極彩色の彩りは
もう既に
夢のものと
なっているのに

でも

まだ
まだ
まだ
と

放置された体から

それは
知らぬ痛みとなって
全身から
溢れてくる

太陽

宇宙との呼応
その碧眼に映る
鬱の現れを
常に見ながらも
まだ
忘れてない
忘れることは出来ない

太陽は燃えている
境界線の狭間で
揺らめきながらも
その炎は

燃えている
燃えているから

忘れない
忘れることは
出来ないんだ

青の光

君の言葉を
知りたいよ
半透明な君の言葉
その声は
喘いでばかりだね
その深みの中に
無駄のない青は
地球のように
在ったのに
今はもう
その光すらも奪われたね

でも半透明の中に
確かな青が
まだ存在している
それはまた
輝きを取り戻すから
もう喘ぐのはやめよう

僕の言葉を
何光年も先に届けるから

君がどれほど
遠くにいても
僕等は
僕だから

僕と君

君
＜
僕

僕は君に負ける

貧しい者
強ささえも欲しがる
その飢えた口
生への決意か
終える決心か
病んだ君に支配され
僕もまた病んでいく

君
＜
僕
僕は君に負ける
泳ぎながらまだ
もがき
泳ぎ続ける
君
＜
僕
僕は君に負ける

雨の朝

緩やかな陽炎の向こうで
この日の描写が
揺らめいている

あの日も一人だった僕等

部屋の隅で
雨の音を聞いていた

あれから君は
これだけの道を
歩いてきたんだね

君の見えない顔色は
どんな言葉も埋まらない
あの日も一人だった僕等
今日のように
雨の朝を抱いている

愛しい

溶けるほど柔らかく
壊れるほどもろい
溢れる血は濃く
流れる涙は温かい

痛いほど想い
悲しいほど重い

どんなに
どんなに
空に手を伸ばしても
あなたは

果てしない光

戻ることはない悲劇
揺れるほどかゆい
笑うほど苦しい
想うほど
その宇宙は広がる

あなた

あなた

儚い想い

あなただけは
あの空で
ずっと
飛んでいてほしい

たとえ
見上げるだけしか
出来なくても

僕は
幸せだから

郵便はがき

恐縮ですが
切手を貼っ
てお出しく
ださい

1600022

東京都新宿区
新宿1－10－1
(株) 文芸社
ご愛読者カード係行

書名			
お買上 書店名	都道府県　　市区郡　　書店		
ふりがな お名前		大正 昭和 平成　年生　歳	
ふりがな ご住所	□□□-□□□□	性別 男・女	
お電話 番号	(書籍ご注文の際に必要です)	ご職業	

お買い求めの動機
1. 書店店頭で見て　2. 小社の目録を見て　3. 人にすすめられて
4. 新聞広告、雑誌記事、書評を見て(新聞、雑誌名　　)

上の質問に1.と答えられた方の直接的な動機
1. タイトル　2. 著者　3. 目次　4. カバーデザイン　5. 帯　6. その他(　　)

ご購読新聞　　新聞	ご購読雑誌

文芸社の本をお買い求めいただき誠にありがとうございます。この愛読者カードは今後の小社出版の企画およびイベント等の資料として役立たせていただきます。

本書についてのご意見、ご感想をお聞かせください。 ① 内容について ② カバー、タイトルについて
今後、とりあげてほしいテーマを掲げてください。
最近読んでおもしろかった本と、その理由をお聞かせください。
ご自分の研究成果やお考えを出版してみたいというお気持ちはありますか。 ある　　ない　　内容・テーマ（　　　　　　　　）
「ある」場合、小社から出版のご案内を希望されますか。 する　　しない

ご協力ありがとうございました。

〈ブックサービスのご案内〉

小社書籍の直接販売を料金着払いの宅急便サービスにて承っております。ご購入希望がございましたら下の欄に書名と冊数をお書きの上ご返送ください。

●送料⇒無料●お支払方法⇒①代金引換の場合のみ代引手数料￥210（税込）がかかります。②クレジットカード払の場合、代引手数料も無料。但し、使用できるカードのご確認やカードNo.が必要になりますので、直接ブックサービス（フリーダイヤル0120-29-9625）へお申し込みください。

ご注文書名	冊数	ご注文書名	冊数
	冊		冊

あなたの

僕は君のハイヒール
スーツ姿がとても綺麗
君の透き通った足
優しい感触
いつも思う
早く朝が来て欲しい

僕はバーカウンターの椅子
ジャズに合わせて
嬉しく揺れる
君にずっと座っていて欲しい
このままずっと

僕はポケットのハンカチ
雨に濡れても
涙に濡れても
君をそっと包んであげる
優しく拭ってあげる
僕は君さえ笑ってくれれば
それでいい

僕は青空の雲
君を見守る
笑顔がかわいい君
いつでも空を見上げてごらん
きっと僕も笑顔を返すから
風に流されてもきっと

君のためなら

僕は夜の月
君の眠りを見届けて
明日も君が
幸せでありますように
あさっても君が
幸せでありますように
君が
素敵でありますように

これからもずっと
君が
幸せでありますように
祈ってる

ずっと君でありますように

青空

大きな川の激流に
呑まれながらも
その目をこらして

誘惑の光に
惑わされながらも
自分で在り

乾燥した地に
倒れそうになりながらも
両足を地に付け

わずかな線の向こうに
震えながらも
まだ前を見つめて

終わりの来ない季節に
春の風を
虫達と共に待ち

終幕と明日に
揺れ動きながらも
今を生きて

たくさんの意味に
青空を眺める

あの日々よ

さようなら。

「　」

末期の夜に
薄明の向こうへ
想いをよせる

包まれる優しさと
いつからか
落ちていく君
ずっと見つめていた
大きな塔の上は
いつの間にか雲がかかって
見えないいね

あそこにはきっと
「　」が
あるだろうか
小さな頃から見たものを
もうその目は映さない

そして忘れていくね

清浄の雲が広がる
無限の路から
こぼれ落ちた陽

「　」は何か

「　」を僕は

忘れていく

砂時計

砂時計を
返して
三分間の中に
落ちていく十九年間

さらさらと
その砂は
煌めいていた

僕

僕という星で生まれて
僕という空を見つめて
僕という闇の中で
僕という光に照らされて
僕という海を越えて
僕という風を包み
僕という雨にうたれて
僕という僕を知り
僕という存在は
僕という未完成で
僕という究極の先に
僕という名の僕は

果たして
笑っているんだろうか

いくつもの夜

いくつもの夜を迎える
一つの朝を迎える
真夜中は
激しく静かに
その色を変えていく

感情達は眠らない
朝は一つなのに
それぞれが
違う月を見ている

空間は

存在をなくす
一体どれが
生きているのか

動き出す世界に
様々な想いは
眠りにつく

いくつもの夜を迎えて
一つの朝を迎えて
無作法な陽が
僕を照らしている

カメレオン

色とりどりのカメレオン
悲しい目をして
笑ってる

とても器用なカメレオン
お好きな色に
変わりましょう

モノマネ上手なカメレオン
みんなの色を
知っている

空を眺めるカメレオン
綺麗な色が
好きだから

黄昏れているカメレオン
昔と同じ夕陽の色に
見取れてる

夜に夢見るカメレオン
本当は自分の色を
探してる

色とりどりのカメレオン
悲しい目をして

笑ってる

とても器用なカメレオン
お好きな色に
変わりましょう

便箋

色のなき世界へ送られた
白紙の便箋が溜まっていく

あなたはどこを
見つめているの
僕はあなたを見つめ続ける

本当のあなたが
最近は霞んでいる
星の数を数え続けるあなたを
僕は悲しくて抱きしめたい

昔を思い出す
笑顔もまた無邪気だね
清く貫いていた正義
そんなあなたが遠くに感じる
僕は時計の針ばかり
眺めているね

ねぇ僕らはどこに行くんだろう
目から零れる一つの海に
懐かしい夕日が沈んでいくよ
ねぇこの夢の続きは

僕は透明になっていく
色を持たず
どうせなら

夕日に染められたい

あの色は本当に綺麗

ねぇ

言葉にならない
僕《あなた》への想い

また
白紙の便箋が溜まっていく

ある海の中で

浮いては沈む
暗い海の中
僕は声を殺して
僕は叫び続けて

見上げた月が
綺麗だから
その光に手を伸ばす

濡れた体を抱きしめてください

僕は声を殺して

僕は叫び続けて
暗い海の中
全ては理解不能
僕は暗い海の中で
何もかも分からなくなった

浮いて
沈んで
繰り返す
ただその病を

見上げた月が綺麗だった

濡れた体を抱きしめてください

僕はただそれだけを
叫び続ける
悲しい夜

そして
沈黙の酸素を
吸いながら
その時をただ待つ

綺麗な月を見上げて
その光に焦がれて

翼

幾千の谷を
駆け抜けてきた
勇敢な鳥が
大空を飛んでいる

それをただ
見つめる想い
羽ばたく姿を
飛んでいく時を
僕の未来は知らない

もしも僕に

まだ見ぬ翼があったなら
この世界から
広げられる翼があったなら
見えない扉の向こう
塞がれた未来

でも
本当の想いは
もしも僕に
まだ見ぬ翼があるのなら
この世界から

広げられる翼があるのなら
塞がれた未来を
越えて
広げられる翼が
あるのなら
いつかは
あの勇敢な鳥のように

命の湖

例えば
この小さな命の湖には
どれほどの星が
降り注ぐだろう

今も消えていった
命の湖達には
どれほどの星が
降り注いだだろう

あの夜空から
煌めき行くその星

何を求め
何を授かったかも
僕等の小さな命の湖には
降り注がない

水面に映る数少ない星の
光だけが
僕を掴む

消えていった
命の湖達よ
この湖へと
教えておくれ

夜空の煌めく光へと
変わった星達よ
傷んだ時代を
照らしておくれ

不明に歪む胸の音が
今も強く
鳴り響いているから
この湖の波紋が
大きく広がってゆくよ

消えていった
命の湖達よ
この湖へと
教えておくれ

夜空の煌めく光へと
変わった星達よ
傷んだ時代を
照らしておくれ

今日の空

いつかは君も
いつかは僕も
誰からもいなくなる

知ってるよ
それを分かってるから

僕等は
今日の空
その天を仰いだ

秋の夜空に

命が乾いた
遠ざかる鐘の音
なくした愛と
そびえ立つ迷路の中
怯える体
人の大いなる
けがれの中に
わずかな美
僕は何を想えば

溢れる涙は夜空に
止めどなく流れる

咲き始めた
秋の夜空に
生まれ行く涙は
止めどなく
止めどなく

許されない罪の前夜

睡眠薬の向こうを
垣間見た瞳
誰も知らない
秋夜の出来事

そして何事もなく

回る惑星
その溜息に混じり
残るのは
この乾いた命

あの夜は
ただ冷たく
風が吹き抜けて行っただけ

許されない罪は
空しさだけを生んだ

咲き始めた
秋の夜空
自分の季節

乾いた命に手をあて
この大切な記憶を
思い返す

そして
運命だと
咲き始めた秋に
この乾いた命を
強く
強く
想った

いつか

いつか
あなたの悲しみは
消えるだろう

いつか
僕の悲しみも
消えるだろう

いつか
その日が来るまで

いつか

著者プロフィール
真夜人（まやと）
1983年、東京都生まれ。

詩集 足跡

2004年５月15日　初版第１刷発行

著　者　真夜人
発行者　瓜谷 綱延
発行所　株式会社文芸社
〒160-0022　東京都新宿区新宿１－10－１
電話　03-5369-3060（編集）
03-5369-2299（販売）

印刷所　東洋経済印刷株式会社

ISBN4-8355-7403-6 C0092